VOYAGE ET NAUFRAGE

DE

L'EVENING-STAR

PAR

FERNAND STRAUSS

PARIS

ÉDOUARD BLOT, IMPRIMEUR, RUE TURENNE, 66

1867

VOYAGE ET NAUFRAGE

DE

L'EVENING-STAR

PAR

FERNAND STRAUSS

PARIS

ÉDOUARD BLOT, IMPRIMEUR, RUE TURENNE, 66

1867

VOYAGE ET NAUFRAGE

L'EVENING-STAR

Près New-York, le 4 novembre 1866.

Sur le vaste Océan la nuit étend son voile,
Les flots sont sans courroux; déjà plus d'une étoile
Sous la voûte des cieux verse ses doux rayons;
La lune au teint d'argent sur la vague étincelle;
On voit le nautonier démarrer sa nacelle
Et de ses doigts nerveux saisir les avirons;
Car trois cents passagers se pressent au rivage :
Les uns font leurs adieux, les autres, le bagage
Font transporter à bord du fier *Evening-Star*.
De bruyantes clameurs s'échappent de la grève,
Des pleurs, des ris, des chants; on se croirait en rêve.
Tout le monde est sur pied : c'est l'heure du départ !...

Adieu, mes bons amis!... Hâtons-nous, le temps presse.
Et déjà les canots, redoublant de vitesse,
Fendent comme un éclair la surface des eaux;
Semblable au gondolier de la belle Venise,
Le nautonier yankee se joue avec la brise
Pour filer à travers d'innombrables vaisseaux.
La course a de l'attrait, on s'amuse avec l'onde;
On fait des quolibets, l'esprit français abonde;
On se moque du mal qu'inflige aux faibles cœurs
Un voyage sur mer; en riant on arrive
Près du vapeur partant... Et les gens de la rive
Font flotter leurs mouchoirs pour cacher leurs douleurs!...

. . . .

Enfin de la vapeur on entend le sifflage,
La voix des officiers commandant l'équipage;
Déjà tous les effets sont transportés à bord.
On procède à l'appel... Il manque quelques dames...
— Arrêtez! nous voilà!... — Ah! malheureuses femmes!
Pourquoi tant vous presser pour courir à la mort?...

. . . .

Qu'elle est belle la mer, par un beau soir d'automne!
Qu'il fait bon voyager lorsque la brise donne,
Que le calme fait place au bruit sempiternel
Des vagues se brisant aux flancs d'un gros navire!
Ce silence imposant ne semble-t-il pas dire:
« Recueille-toi, pêcheur, et songe à l'Éternel!... »
Et, d'un autre côté, quand la tempête gronde,
Que la foudre poursuit sa course vagabonde,

Frappant avec fracas l'immensité des airs;

Quand des nuages noirs se glissent dans l'espace,

Lorsqu'un vent furieux tout renverse et tout casse,

Et mugissant dans l'air fait bouillonner les mers,

Ce spectacle effrayant ne dit-il pas encore

Au pêcheur obstiné : « Courbe ton front, adore!

La vengeance du Ciel est terrible, tu vois;

Oserais-tu douter encor de la puissance

De Celui dont la main retient ton existence,

Lorsque l'ouragan même obéit à sa voix?.... »

. . . .

. . . .

Déjà de New-York l'antique Maison-Blanche [1],

Comme un fantôme noir dans l'ombre se retranche,

Se cachant un instant pour renaître demain,

Quand l'Aube au souffle pur et la brillante Aurore

Porteront leurs baisers à l'indolente Flore,

En versant doucement leurs perles dans son sein.

Et le *Star*, noble et fier, déroulant son panache,

Comme un dragon ailé des rives se détache

Aux chants naïfs et doux des joyeux matelots,

Laissant derrière lui sur la nappe azurée

Un long ruban d'argent, nouvelle voie lactée,

Sillonnant avec art la surface des flots.

La gaîté règne à bord; jamais si long voyage

Ne s'était commencé sous un si beau présage;

1. Citadelle, résidence du président des États-Unis.

Le capitaine même, un gros vieux loup de mer,
En était tout joyeux ; aussi sa barbe grise
Se laissait mollement caresser par la brise,
Tandis qu'entre ses dents il sifflotait un air.
Sur trois cents passagers près de cent sont artistes.
Besoin n'est d'ajouter que ce sont les moins tristes,
Et partant, recherchés de tous les voyageurs.
L'acteur a l'esprit gai ; toujours son mot pour rire
Chasse les noirs soucis, appelle le sourire
Au milieu des tourments, des chagrins et des pleurs.
Les femmes, les enfants font moins joyeuses mines ;
Ils n'osent point quitter leurs étroites cabines
Pour joindre sur le pont les autres passagers.
Mais soudain on entend un vacarme effroyable :
C'est la cloche du bord qui vous appelle à table
Se mêlant à la voix des mousses messagers :
— « Mesdames, s'il vous plaît, maître cook vous invite
A venir au salon déjeuner au plus vite,
Tout le monde est en place, on n'attend plus que vous. »
Alors vers le salon un chacun se dirige,
Il faut bien obéir lorsque le cook exige :
Car il ne faut jamais s'attirer son courroux.
Les repas faits à bord se divisent par classe ;
Car tous les passagers ne sauraient trouver place
Dans un petit salon pas plus grand qu'un boudoir.
Le premier terminé, le second recommence ;
Jusqu'à ce que chacun ait reçu sa pitance,
Tant celle du matin comme celle du soir.

Le service est parfait, l'ordre en est admirable;

Une foule de mets se dressent sur la table,

Digne des Provençaux, de Potel et Chabot;

Les vins les plus exquis pétillent dans les verres,

Depuis les vrais bordeaux, les pomards, les madères,

Jusqu'au divin nectar de la veuve Cliquot. ...

Pendant que sur le pont le vieux grog on prépare,

Les hommes en flânant allument leur cigare,

Formant à chaque instant quelque projet nouveau;

Tout s'efface à leurs yeux, les chagrins, la souffrance,

Leur cœur ne rêve plus que bonheur, qu'espérance,

Sans crainte de voir choir ces beaux rêves dans l'eau!...

. . . .

Aussi pour le soir même on prépare une fête.

De quelque jeu nouveau chacun se met en quête.

Donnera-t-on un bal?... Ou bien est-ce un concert

Qui devra follement égayer l'assemblée?...

Ou bien jouera-t-on une pièce d'emblée :

L'Amour d'une ingénue ou *Madame Lambert ?*

— Comment donc ferons-nous pour monter un spectacle ?

Jouer ce n'est pas tout, il est un autre obstacle :

Nous n'avons ni décors, ni scène, ni rideau !...

— Nous avons nos effets, et puis tout l'accessoire;

Bâcler quelques décors n'est pas la mer à boire!...

Allons, apportez-nous tenailles et marteau.

Courage, mes amis, et mettons-nous à l'œuvre;

Montrons-leur qu'un Français n'est pas fils d'une pieuvre,

Qu'il sait, lorsqu'il le veut, mettre la main à tout.

Approche, moucheron ; donne-moi celte voile,
Il faut qu'avant ce soir je la transforme en toile.
Que j'y perde mon nom si je n'en viens à bout !...
Et voilà qu'aussitôt de tous coins on apporte
Toiles, couleurs, pinceaux ; et toute la cohorte
De mousses et marins commence à travailler ;
Le maître charpentier à les aider s'empresse.
Bientôt sur le tillac un vrai décor se dresse,
Et pour le terminer il ne faut pas bâiller.
Plus loin, quelques acteurs s'occupent de leur rôle :
Chacun est à son poste, et pas une parole
Ne vient importuner ces hommes courageux ;
Le peintre va son train ; près du mât de misaine,
On voit déjà s'asseoir le brave capitaine,
Surveillant cette scène avec un air joyeux.
Puis, d'un autre côté, l'actrice, plus coquette,
S'occupe activement du soin de sa toilette ;
Rien ne manque à l'appel : ni rouge, ni blanc gras,
Ni la poudre de riz, ni même l'eau de France
(Dont ce brave Chonneaux connaît seul la puissance),
Ni le fin crayon noir, ni le blanc pour les bras.
Plus loin, les matelots descendent dans la cale
Pour monter sur le pont contrebasse et timbale,
La flûte, le haut-bois, clarinette et piston.
Le premier violon repasse la musique,
Tandis que le souffleur lui donne la réplique,
Et voit si les couplets se chantent dans le ton.

. . . .

Le théâtre est fini ; puis, comme par miracle,
Le tillac se transforme en salle de spectacle :
On y place des bancs, des chaises, des divans ;
Un fanal de couleur tient la place du lustre ;
On a mis des cordons en guise de balustre ;
Et déjà l'on entend l'accord des instruments...
Tout le monde est placé ; l'ouverture s'achève ;
On frappe les trois coups, et le rideau se lève
Avec autant d'aplomb qu'au Théâtre-Français.
Le programme annoncé, le spectacle commence :
Après le vaudeville, on chante une romance,
On danse un pas de deux, puis un pas écossais.
Le public applaudit ; mais c'est bien autre chose
Quand la prima-donna, vêtue en satin rose,
Vient leur chanter un air du maître Rossini !...
On a beaucoup goûté le ténor et la basse,
Leur triomphe est complet ; on applaudit en masse ;
Tout le monde est heureux... Le spectacle est fini !...
C'est de cette façon que la troupe française
Amusait chaque soir la colonie anglaise.
Ils étaient tous aussi dans le ravissement,
A part un vieux monsieur, à l'œil sombre et sinistre :
Il avait tous les airs, les façons d'un ministre,
Qui ne goûtait pas trop ce divertissement.

. . . .

Mais voilà que soudain, au milieu de la fête,
Éclate avec fureur une affreuse tempête !...
Le ciel est tout en feu ; le vent, avec fracas,

Brise, renverse tout et déchire les toiles.
La voix du commandant dit de baisser les voiles
Avant que l'ouragan n'ait rompu tous les mâts.
Le désordre est affreux : les enfants en bas âge
Semblent seuls étrangers à cet horrible orage ;
Les femmes, les vieillards, passagers, matelots,
Oubliant tout danger, ô dévouement sublime !
S'empressent d'arracher ces anges à l'abîme,
De les mettre à l'abri de la fureur des flots !...
Les vents sont déchaînés ; dans le ciel pas un astre
Qui jette un peu de jour sur cet affreux désastre ;
Toujours l'horrible nuit... précurseur de la mort !...
Lorsqu'un éclair jaillit en déchirant la nue,
C'est alors seulement que l'on voit l'étendue
Du péril imminent qui menace le bord !...
Soudain le désespoir s'empare de ces âmes :
Les hommes bravement vont rassurer leurs femmes
Tremblantes de frayeur à l'aspect du trépas !...
La rafale a brisé le grand mât de misaine...
La terreur va croissant... La voix du capitaine,
Déniant tout danger, ne les rassure pas !...
Ici, c'est un colon, richard d'Orléansville,
Maudissant son argent désormais inutile,
Qui jette à qui les veut ses billets et son or.
Plus loin, c'est un troupeau de malheureuses filles
S'affublant à l'envi de toutes leurs guenilles
Et de tous leurs bijoux, leur unique trésor.
Le stoïque marin ne veut quitter la vie

Qu'au milieu des transports, des excès de l'orgie ;
Aussi s'en donne-t-il... Hélas ! ça fait horreur !...
Le rhum coule à longs flots ; dans sa brutale ivresse,
La femme doit subir son ignoble caresse
Malgré son désespoir, ses larmes, sa terreur !...
Se peut-il, ô mon Dieu ! qu'en ce moment suprême,
L'homme ait pu s'oublier, dans son audace extrême,
Au point de te braver même devant la mort ?...
Cela ne se peut pas... l'ivresse, la folie,
L'ont fait seuls se livrer à pareille infamie !...
Grâce pour lui, Seigneur ! aie pitié de son sort !...

. . . .

Et pendant ce temps-là l'inflexible tourmente
Jette dans tous les cœurs l'angoisse et l'épouvante.
Pour la troisième fois le sinistre signal
A lancé ses échos dans la lame en furie.
Hélas ! rien ne répond à ce cri d'agonie !
Tout espoir est perdu !... C'est le moment fatal !...
Le bateau, veuf de mâts, de gouvernail, de rames,
Ballotté par les vents, est le jouet des lames.
Rien ne peut plus dompter le terrible élément.
Des cris de désespoir volent de bouche en bouche,
Disant que le vapeur sur un récif se couche...
Et soudain l'on entend l'horrible craquement !...
C'est alors que surgit le plus affreux tumulte :
Les uns sont à genoux, sans regarder au culte,
Devant l'homme de Dieu, le pasteur anglican
Qui, loin de les bénir à cette heure suprême,

Ne craint pas de lancer un terrible anathème
Contre ces gens maudits, ces suppôts de Satan!... [1]
« L'Éternel, leur dit-il, fatigué de vos crimes,
A choisi ce moment pour frapper ses victimes!...
Enfants de Belzébuth! soyez prêts à mourir!...
Ainsi que vos aïeux de Sodome et Gomorrhe,
Vous avez tous commis des crimes qu'il abhorre,
Et c'est ce châtiment que vous allez subir!... »
Est-ce là du Seigneur la divine parole?
Lui dont l'esprit de paix vivifie et console;
Lui qui, le pardonnant, dit : Pardonne à ton tour !
Où donc as-tu puisé si cruelle doctrine,
Qui, loin de pardonner, maudit, damne, extermine?
Est-ce dans l'Évangile où tout parle d'amour?...

. . . .

. . . .

En bas, dans le salon, une mère éplorée
Presse contre son sein une fille adorée;
Tandis qu'à ses côtés le malheureux époux
Ne craint pas de braver le sort qui le menace,
Pourvu que son enfant, sa femme, trouvent place
Sur l'esquif trop petit pour les emporter tous!...
Alors sur les canots se précipite en foule
Un flot de passagers, redoutant que la houle
Ne les entraîne tous dans l'affreux élément;
Dans la confusion chacun se met du nombre...

1. C'est ainsi que ce bon pasteur désignait les artistes!...

Et l'esquif surchargé soudain chavire et sombre
Disparaissant au fond de l'abîme béant !...
D'autres, contre les flots luttant avec courage,
Conservent quelque espoir d'échapper au naufrage ;
Mais à quel prix, grand Dieu ! Oh ! cela fait frémir !
En jetant à la mer une innocente fille,
L'espoir et le soutien de toute une famille,
Parce que le canot ne peut la contenir !...
On craignait que son poids ne fît couler la barque !

. . . .

Pour l'honneur des Français, faisons cette remarque
Que ce ne sont pas eux qui la laissent périr.
Que n'ai-je en ce moment le don de la peinture,
Pour pouvoir avec art copier la nature
Et tracer le tableau que présente le bord !
Ou bien que n'ai-je encor le terrible génie
D'Hugo, pour dire mieux l'angoisse et l'agonie
De tous ces malheureux luttant avec la mort !
« Jamais, au grand jamais, disait le capitaine,
Je n'ai vu s'accomplir si désolante scène :
Les uns, ivres de rhum, se rient du destin ;
D'autres, pensant encor aux choses de ce monde,
Entassent les trésors dont le navire abonde,
Dans l'espoir d'échapper à leur terrible fin !... »
Le ciel ne semble pas apaiser sa colère :
Le vent mugit toujours, le terrible tonnerre
Gronde plus que jamais et déchire les airs.
Le Seigneur a déjà choisi bon nombre d'âmes :

On voit leurs pauvres corps ballottés par les lames,
Ayant pour tout linceul l'immensité des mers!...

. . . . : . . . . . .

Jugez du désespoir du père de famille
Reconnaissant soudain ou sa femme ou sa fille
Parmi les malheureux frappés par le trépas!
Le fils, voulant sauver sa mère bien aimée,
Succombant aux efforts d'une lutte acharnée!
Non, pareil désespoir ne se raconte pas!...
Et la mort, poursuivant son œuvre destructrice,
Se fait de l'ouragan la cruelle complice,
Frappant, sans discerner, de sa terrible faux
La femme, le vieillard, l'enfant, la jeune fille,
Le jeune fiancé, le père de famille,
Pour les réunir tous dans l'éternel repos!...
Et ce triste combat se prolongeait encore
Quand le noir horizon vit se lever l'aurore :
Ce fut pour les mourants une lueur d'espoir.
Le jour vint éclairer ce spectacle terrible,
Ce tableau déchirant, et cette lutte horrible
Qui n'avait pas cessé depuis la veille au soir.

. . . .

. . . .

« Seigneur! quand sonnera l'heure de la clémence ?
N'as-tu pas largement assouvi ta vengeance?
Pitié pour eux, mon Dieu! et cesse de sévir!...
On peut compter par cent le nombre de victimes
Que les flots ont traîné dans leurs béants abîmes,

Sans leur donner le temps même du repentir!... »
Et comme si le Ciel exauçait leur prière,
Un rayon de soleil colore l'atmosphère ;
Le vent ne mugit plus avec tant de fureur ;
Les flots moins irrités et la vague houleuse
Semblent mettre une fin à l'œuvre désastreuse.
Ah! ce tableau navrant, qui déchire le cœur!...
Le vaisseau, veuf d'agrès, couché sur sa carcasse,
Ne peut plus échapper au sort qui le menace ;
Quelques efforts encor... puis il va s'engloutir,
Entraînant avec lui sous l'onde meurtrière
Les derniers survivants : des femmes en prière,
Qui, lasses de lutter, demandent à mourir !...
Plusieurs fois répété, le signal de détresse
Se perd sans nul écho sur l'onde vengeresse.
Pas une ombre d'espoir!... pas une voile au vent!...
Mourir si tristement !... affreuse perspective !...
Aucun bateau, Seigneur! ne quittera la rive
Pour venir les sauver du terrible élément ?...
Mais un sourd craquement soudain se fait entendre,
Contre un énorme roc le vapeur va se fendre,
Et, les flancs déchirés, il sombre en un clin-d'œil!...
Hélas! tout est fini!... Et la vague calmée
Reprend tranquillement sa marche accoutumée,
Jetant sur ce tableau son limpide linceuil ! !!

. . . .

. . . .

Et vous parents, amis, qui reposez sous l'onde,

Loin de tous les tracas, des misères du monde,
Dormez en sainte paix du sommeil éternel !
Puissiez-vous retrouver dans la céleste sphère
Le bonheur tant rêvé que vous cherchiez sur terre...
Et puissions-nous un jour nous retrouver au ciel ! ! !

DE PROFUNDIS ! ! !

FERNAND STRAUSS

Le 15 novembre 1866.

2953 — PARIS. ÉDOUARD BLOT, IMPRIMEUR, RUE TURENNE, 66